De Vrouwelijke Coach

Erika Sanders

Erotische Overheersing en Onderwerping

Samenvatting

Erika vindt haar vrouwelijke coach erg sexy. Zal ze iets doen als ze alleen met haar is?...

De Vrouwelijke Coach is een roman met een sterk erotisch BDSM-gehalte en op zijn beurt een nieuwe roman die behoort tot de collectie **Erotische Overheersing en Onderwerping**, een reeks romans met een hoog romantisch en erotisch BDSM-gehalte.

(Alle personages zijn 18 jaar of ouder)

Erika Sanders is een internationaal bekende schrijfster, vertaald in meer dan twintig talen, die haar meest erotische geschriften, verre van haar gebruikelijke proza, ondertekent met haar meisjesnaam.

Inhoudsopgave:

DE VROUWELIJKE COACH
VAN
ERIKA SANDERS

Ondanks dat ze behoorlijk uitgeput was van de college-cursussen van die dag, deed Erika nog steeds haar best om te trainen in de gymzaal van de universiteit. Ze had het nodig. Eerlijk gezegd was ze de slechtste speelster van het softbalteam.

Natuurlijk was ze al in goede vorm, maar vergeleken met de andere meisjes in het team was ze gewoon niet goed genoeg en het was een wonder dat ze überhaupt in het team kwam. Het team had een minimum aantal spelers nodig en Erika was dat minimum.

Na het uitvoeren van een push/pull-routine met verschillende machines, nam ze een adempauze voordat ze buikspieren raakte. Ze deed dertig herhalingen snel achter elkaar op een bank, rustte een minuut en herhaalde de set vervolgens nog twee keer.

Toen ze worstelde op de laatste set, keek ze op en zag een gezicht het licht blokkeren. Een vrouw stond willekeurig over haar heen met een bezweet gezicht, een rommelige paardenstaart en een handdoek om haar nek gewikkeld.

"Kom op, herhalingen, herhalingen, herhalingen!" moedigde de vrouw grappend aan.

Erika herkende meteen dat het Coach Bethy was. Ze deed nog een paar extra herhalingen op haar buik alsof ze haar taaiheid wilde bewijzen, en stond toen op om coach Bethy te begroeten.

"Hallo daar," glimlachte ze, diep ademhalend van de training.

Coach Bethy glimlachte terug. "Sorry dat ik je training stoor. Je had een boost nodig."

"Ja, ik probeer een betere conditie te krijgen."

"Ik ben blij te zien dat je hard werkt," antwoordde de coach Bethy.

'Daarover gesproken, was je hier de hele tijd? Ik had je niet gezien.'

De coach Bethy veegde haar gezicht af met een handdoek. "Het afgelopen halfuur zat ik in de sauna. Daarvoor deed ik een uurtje cardio op de loopband."

"Leuk."

'Ben jij een hardloper, Erika?' zij vroeg. "Hoe vaak ren je?"

'Niet zoveel als ik zou willen. Ik ren vaker als er geen school is. Misschien 3-5 mijl.'

"Prachtig."

"Het is duidelijk dat ik geen resultaten heb zoals jij," antwoordde Erika, die de spieren van de coach opmerkte tijdens het ademen. "Ik bedoel, mijn god, je lichaamsbouw is geweldig."

Coach Bethy spande een biceps. "Bedankt. Veel hard werk."

"Ik bedoel, serieus. Je hebt geweldige genetica."

"In sommige opzichten, maar in alle eerlijkheid, ben ik slim met mijn routine."

"Geheimen?" vroeg Erika. "Ik zou een moord doen om een lichaam als het jouwe te hebben."

"Allereerst bedankt, dat is lief. Ten tweede, wees trots op het lichaam dat je hebt. Vrouwen zijn te streng voor zichzelf. Ik denk dat elke vrouw prachtig is op haar eigen unieke manier. Wees jezelf en rock wat je hebt."

Erik knikte. "Oh, daar ben ik het absoluut mee eens. Maar niet elk meisje zit in een sportteam. Sterker nog, ik zit in JOUW team, en onze kansen om wedstrijden te winnen zouden

exponentieel toenemen als ik in een
betere conditie zou zijn."

Voor extra effect knipperde Erika met
haar wimpers en de coach Bethy lachte.

"Vertel me je typische trainingsroutine
en dieet. Dan zal ik je wat gedachten
geven als ik kan."

Erika gaf een kort overzicht van haar
gebruikelijke fitnessregime en
voedingsplan; alles van hoe ze het leuk
vond om te rennen en welke oefeningen
ze deed.

'Ik denk dat ik je probleem heb
gevonden,' zei coach Bethy op
beslissende toon.

"Wat is het?"

"Je hebt waarschijnlijk een plateau bereikt. Dat is wanneer je lichaam zo gewend is aan dezelfde routine dat het zich niet meer aanpast, waardoor je geen winst meer boekt."

Erika tuitte haar lippen. "Hmmm... Interessant. Ik gebruik al jaren dezelfde routine, dus misschien heb je gelijk."

"Misschien zwaardere gewichten heffen of meer explosieve oefeningen proberen. Schakel dingen uit, zoek iets leuks."

"Enige aanbevelingen?"

"Persoonlijk hou ik van zwemmen", antwoordde de coach Bethy. "Het heeft een lage impact op mijn gewrichten, een hoge intensiteit en het geeft me een gevoel van vrijheid als ik in het water ben."

"God, ik hield als kind van zwemmen.
Minder toen ons gezin naar een andere
plaats verhuisde. Ik ben helemaal niet
meer gaan zwemmen sinds ik naar de
universiteit ben verhuisd."

"Alsjeblieft. Probleem opgelost. Probeer
te zwemmen. Zwem hard, zwem snel,
maar maak jezelf niet te pijnlijk, anders
kun je niet goed softballen. Als je dat
combineert met een goed dieet, kun je '
Je zult grote veranderingen in je lichaam
opmerken."

'Het probleem is dat alle zwembaden in
de buurt altijd druk zijn,' kreunde Erika.
"Vooral het universiteitszwembad."

"Klopt, daarom kom ik altijd vroeg op de
campus en zwem ik alleen. Het schema
werkt perfect voor mij."

"Alleen zwemmen? Dat moet heerlijk zijn. Ik kan alleen maar dromen."

"Voel ik jaloezie?" plaagde de coach Bethy. "Ja, ik heb het zwembad helemaal voor mezelf. Het is therapeutisch voor mij, zowel fysiek als mentaal. Het is een geweldige manier om een drukke dag te beginnen."

"Ik ben helemaal jaloers."

'Je bent welkom om met me mee te doen, zolang je het maar geheim houdt.'

"Weet je het zeker?" vroeg Erika, verrast door het aanbod.

"Waarom niet? Zal je je ongemakkelijk voelen?"

"Hangt ervan af. Ben je een
seriemoordenaar?"

Coach Bethy schudde haar hoofd. 'Nee,
maar ik ben misschien een
seriemoordenaar die andere
seriemoordenaars doodt, zoals Dexter.'

"Werkt voor mij," antwoordde Erika,
alvorens even na te denken. 'Ik val je
toch niet lastig, of wel? Ik bedoel, ik wil
je privétijd niet verstoren.'

'Onzin. Ik ben maandagochtend om 6.45
uur bij het zwembad. Als je interesse
hebt, kom dan op tijd en neem een
handdoek en badkleding mee. We
hebben dan een uurtje alleen.'

"Het is een date," glimlachte Erika.

Coach Bethy keek vragend aan.
"Interessante woordkeuze. Hoe dan ook,
ik moet gaan en ik heb een douche
nodig. Sorry dat ik je buikspiertraining
onderbreek."

"Geen zorgen. Mijn buikspieren zuigen
sowieso."

De coach Bethy porde Erika's buik.
"Maandagochtend. Ik zal je een paar
goede buikspieroefeningen in het
zwembad laten zien."

"Denk je dat dat voor mij zal werken?"

"Het heeft voor mij gewerkt,"
antwoordde de coach, terwijl ze over
haar eigen platte buik wreef en de
strakke spieren voelde.

HOOFDSTUK 2

In alle ernst, Erika werd overweldigd door de kans om privé te trainen met Coach Bethy. Deze vrouwelijke coach was tenslotte een geweldig persoon en in fantastische vorm.

Diep vanbinnen droomde Erika er altijd van om dat meisje te zijn. Het meisje dat het winnende schot had gemaakt, waarna het hele team haar op hun schouders zou hijsen, zodat ze als een held over het veld kon worden geparadeerd. Het was onwaarschijnlijk, maar toch een fantasie.

Maandag kwam ze op tijd aan en begroette Coach Bethy. Nadat ze het zwembad hadden ontgrendeld, de lichten hadden aangedaan en de verwarming hadden aangezet, gingen ze naar de kleedkamer om zich om te kleden. Ze trokken hun badkleding in verschillende kleedruimtes aan, zodat ze elkaar niet naakt zouden zien.

Ze ontmoetten elkaar bij het zwembad waar ze even de tijd namen om elkaars badkleding te bewonderen.

"Is dat nieuw?" vroeg de coach Bethy.

"Ja. Ik heb het in het weekend gekocht."

'Leuk. Het lijkt erop dat je klaar bent om te gaan.'

Ze deden hun warming-up en maakten hun ledematen enkele minuten los. Als hun lichaam warm was, doken ze in het zwembad en zwommen baantjes. Eerst

normaal tempo. Daarna zwommen ze
snel heen en weer tussen beide
uiteinden van het zwembad, werkend
aan hun kracht en cardio-
uithoudingsvermogen.

Na tien ronden met heel weinig rust
tussendoor, leunden ze tegen de rand
van het zwembad met hun armen op het
beton.

"Dat was intens," snoof Erika met een
zware adem.

"Dat was het. En ik vind het geweldig."

Erika's hartslag werd weer normaal. "Ik
zal zeker spierpijn hebben morgen."

Coach Bethy trok een wenkbrauw op.
"Dus je denkt dat we al klaar zijn?"

"Zijn wij niet?" Erika antwoordde.

'Je buikspieren, weet je nog? Wilde je daar niet aan werken?'

"Ik denk dat ik genoeg heb gekregen van een kerntraining door die baantjes te zwemmen."

Een sadistische glimlach kwam over de lippen van de vrouwelijke coach. "Onzin. We zijn al in het zwembad, dus we kunnen net zo goed doen waarvoor we hier gekomen zijn. Volg mijn voorbeeld. Zet je rug tegen de muur, houd je met je armen vast aan het beton en doe leg raises. Zoals dit ."

Coach Bethy gaf het goede voorbeeld door haar rug tegen de muur te zetten, haar armen op het beton te laten rusten en vervolgens haar benen op te heffen zodat haar voeten uit het water zouden ploffen. Ze deed verschillende herhalingen. Erika deed hetzelfde, maar worstelde na de derde vertegenwoordiger.

"Dit is moeilijk," zuchtte Erika, terwijl ze haar voeten weer neerzette. "Het is zoveel moeilijker met het water dat weerstand toevoegt."

"Dat is het punt."

"Ik kan niet verder."

"Natuurlijk kan dat, nog een paar herhalingen."

Erika stak haar tong uit. "Ughh....kan je me tenminste helpen?"

"Zeker."

Dat was het moment waarop de coach haar handen in het water stak om Erika te helpen door onder haar onderbenen te drukken, waardoor er meer herhalingen konden worden gedaan.

"Dit is wat ik trainen noem," glimlachte Erika terwijl de coach haar hielp haar benen op te tillen voor nog een paar herhalingen.

'Het verbaast me dat ik je nog niet heb weggejaagd, om eerlijk te zijn.'

"Van de training? Ik ben niet de beste natuurlijke atleet, maar ik ben ook geen opgever. Ook al heb ik zojuist geprobeerd te stoppen. Ik ben volhardend als het moet."

Erika ging door met het opheffen van de
benen in het water terwijl de coach haar
hielp met bewegen.

'Ik bedoel het andere,' zei coach Bethy.
'Je lijkt me niet het type. Daarom ben ik
verrast.'

"Nu ben ik helemaal in de war."

"Laat maar zitten."

Erika legde haar benen neer en ze keken
elkaar aan. "Je zinspeelde vorige week
op iets dat je niet met me wilt trainen.
Nu impliceer je weer iets. Is er iets dat ik
over het hoofd zie? Ik bedoel, ben je een
seriemoordenaar of zo? Ik beloof dat ik
het niet zal vertellen. "

"Weet je het niet?" vroeg de coach Bethy.
'Ik ben lesbisch. Ik denk dat jij het enige

meisje in het team bent dat het nog niet heeft gehoord.'

"Oh..."

"Heb je de memo niet gekregen?"

'Ik wist niet dat er een was,' haalde Erika haar schouders op.

"Ik begrijp dat het 2023 is en ik suggereer niet dat je homofoob bent of zoiets. Maar sommige meisjes in het team hebben een religieuze achtergrond, van wie de ouders veel geld bijdragen aan deze academische instelling. Het is een lastige zaak. "

"chanteren ze je?"

Coach Bethy schudde haar hoofd. "Nee, niets van dat alles. Het is een lang verhaal. Maar eigenlijk zagen sommige meisjes van het team me een vrouwelijke professor kussen in de kleedkamer."

"Een vrouwelijke professor?" vroeg Erika, haar verbazing verbergend.

"Ja, een vrouwelijke professor. Het was maar van korte duur. De leraar kon niet wachten en kwam binnen en we kusten elkaar. Ik dacht dat we genoeg privacy hadden, dus liet ik het toe. Hoe dan ook, ze zagen het en waren net zo geschokt als dat ben je. We hebben gepraat en ze kwamen overeen om het voor mij geheim te houden. Maar meisjes blijven meisjes, en ik weet dat ze informatie over mij verspreiden. Ik heb gemerkt dat sommige vrouwelijke spelers in het team giechelen als ze mij zien. Hé, dat is het leven, toch?"

"Dat is balen."

'Wat kan ik doen? Ik ben hier niet in een voordeelpositie.'

"Het is 2023, je kunt zo homo zijn als je wilt", zei Erika.

"Ik weet het. Maar het stigma zal er zijn, en ik wil de dingen niet raar maken, want ik ben veel in de buurt van prominente leden van deze instelling. Leden die, laten we zeggen, veel traditioneler zijn dan wij. Niet dat het is een slechte zaak. Dat is gewoon hoe het is."

"Voor de goede orde, ik heb geen probleem met je levensstijl. Ik vind je prachtig en geweldig. En dat meen ik echt uit de grond van mijn hart."

'Dat betekent veel,' glimlachte de coach Bethy. 'Hoe dan ook, ik wist niet zeker wat jouw mening was. Daarom aarzelde ik of we privé zouden trainen.'

"Hoe weet jij welke kant ik op zwaai?"

"Je ogen hebben de neiging om naar mijn spieren te staren. Niet naar mijn borsten, benen of lippen."

Erik glimlachte. "Ik denk dat dat een goede graadmeter is."

'Nou, we kunnen maar beter uit het zwembad gaan voordat we in pruimen veranderen van zo lang in het water te hebben gelegen.'

"Ik ben nog niet klaar met mijn leg raises."

"Ben jij niet?" vroeg coach Bethy, wetende waar dit naartoe ging.

"Ik weet zeker dat ik er een paar herhalingen uit kan persen. God weet dat mijn kern alle hulp nodig heeft die het kan krijgen."

'Ik neem aan dat je hulp nodig hebt.'

Erika drukte haar rug tegen de muur en hield zich vast aan het beton. "Ik kan deze leg raises in het zwembad niet doen zonder jouw hulp. Ik ben duidelijk niet zo sterk als jij."

"Ik denk dat toewijding aan je conditie voldoende sterk is."

Coach Bethy stak haar hand in het water en plaatste haar handen weer onder

Erika's dijen om haar te helpen de leg raises in het water te doen. De stemming tussen hen was veranderd. Het was alsof ze dichterbij kwamen van de informatie die ze deelden. Bonding heeft de neiging om op die manier te gebeuren.

"Hoe voelt het?" vroeg de coach Bethy. "Brandt het al?"

"Heb je het over mijn kern of je handen bij mijn kont?"

Coach Bethy slaakte een schijnzucht. "Antwoord dat zoals je wilt."

'Ze branden allebei. Op een goede manier.'

De vrouwen glimlachten naar elkaar en na nog een paar geassisteerde vertegenwoordigers smeekte Erika om te stoppen omdat haar buikspieren pijn deden. De coach Bethy liet los en Erika legde haar benen op de bodem van het zwembad.

'Je bent een goede sporter,' zei de coach Bethy blij. "Ik hou van je arbeidsethos."

Erika verstijfde plotseling. 'Mag ik je iets vragen? Het is een beetje gênant, maar ik wil het je toch vragen.'

"Natuurlijk, alles."

'Wanneer wist je het? Ik bedoel, je weet wat ik bedoel. Maar wanneer wist je het?'

Natuurlijk begreep de coach Bethy de vraag. 'Ik heb het altijd geweten. Waarom? Zijn mijn instincten verkeerd over jou?'

Erik schudde haar hoofd. "Nee, nou, ik weet het niet. Het is ingewikkeld."

"Hmmm..." neuriede de Coach Bethy zachtjes. "Je bent een interessante."

"Waarom? Omdat ik vrouwelijk raar ben en niet in de stereotiepe hokjes val?"

"Misschien."

"Nou dat is geruststellend," antwoordde Erika..

"Het is oké om nieuwsgierig te zijn. Het is volkomen natuurlijk. Maar ik weet niet zeker of ik de juiste persoon ben met wie je zou moeten praten. Ik ben een vrouwelijke medewerker van deze school en ik ben gebonden aan ethische richtlijnen."

"Ik ben volwassen."

Coach Bethy haalde diep adem. 'Als je
ergens nieuwsgierig naar bent, dan ben
ik er voor je. Ik weet dat je je op een
moeilijk moment in je leven bevindt, als
jonge vrouw op de universiteit.'

"Bedankt."

"Was er iets specifieks waar je over
wilde praten?"

"Hoe ging de eerste keer?" Erika dwong
zichzelf om het te vragen. "Ik bedoel, heb
je de andere persoon achtervolgd? Of
ging de andere persoon achter jou aan?"

"Het was wederzijds, om eerlijk te zijn.
Mijn eerste keer was ongeveer jouw
leeftijd toen ik op de universiteit zat. Ik

was kamergenoten met dit meisje. Ik zal je de details besparen. Maar ik wist wat ik was. dingen. Het enige dat we gemeen hadden, was dat het echt klikte. We hadden een geweldige chemie samen, en verrassend genoeg voelde ze zich tot mij aangetrokken. '

'Dat vind ik helemaal geen verrassing. Je bent lekker.'

De coach Bethy glimlachte: "Bedankt. Maar dat was mijn eerste keer. Het gebeurde gewoon op een avond toen we samen aan het studeren waren. Ik zal je de sexy stukjes besparen."

"Studeren en dan zoenen. Dat klinkt best cool."

'Ik kan nog steeds niet geloven dat mijn instincten het bij het verkeerde eind hadden over jou.'

Erik haalde haar schouders op. 'Ik houd bepaalde dingen over mezelf goed geheim. Ik ben goed met geheimen. Ik heb deze discussie nog nooit met iemand gehad.'

'Nou, ik voel me gevleid. Waarom vraag je dat nou? Had je iemand in gedachten? Iemand met wie je graag wilt daten?'

"Goh nee. Ik geef toe, ik denk wel zo over sommige van mijn vriendinnen, en ik zou het niet erg vinden om ze te kussen, maar niemand heeft nog iets tegen me gedaan."

Coach Bethy lachte. "Leef jij je leven zo? Wachtend tot anderen de eerste stap zetten?"

Erik knikte.

"Dat is geen goede levensstrategie",
antwoordde de coach Bethy. "In feite is
het een vreselijke levensstrategie."

"Wat is het alternatief? Ga meisjes
versieren in de plaatselijke kroeg? Zoek
een lesbische Tinder-app op mijn
telefoon? Ik zou niet weten wat ik moet
doen."

"Hm..."

"Wat betekent dat?"

De coach schudde haar hoofd. "Laat
maar zitten."

"Nee vertel het me."

'Niets. Ik dacht net dat, aangezien je een geheim kunt bewaren, we goed met elkaar overweg kunnen, en je nieuwsgierig was, ik je had kunnen helpen met je kleine dilemma. Dat zou natuurlijk een schending van de ethiek zijn.'

Erika's ogen werden groot en ze deed geen moeite om haar emoties te verbergen. Zou zo'n aanbod echt op tafel liggen? Alleen al door eraan te denken sloegen haar benen over elkaar in het zwembad. Ze deed ook geen poging om dat te verbergen. Ze was er zelfs zeker van dat coach Bethy haar opwinding uit het zwembad kon ruiken met behulp van superkrachten.

'Ik kan een geheim bewaren,' piepte Erika.

"Regels zijn regels. Dat had ik niet moeten zeggen."

"Dus je rijdt nooit harder dan de maximumsnelheid?"

"Dat is anders."

"Hoe?"

Coach Bethy dacht even na. 'Zweer je dat je het nooit aan iemand zult vertellen?'

'Ik zweer het. Als het om geheimen gaat, ben ik betrouwbaar.'

"Als je deze belofte schendt, is de straf de dood."

Erika knipperde met haar wimpers en knikte. "Driemaal zweren."

"Sluit je ogen."

En toen veranderde alles. Erika hield haar ogen gesloten, voelde het stromen van het water om haar heen en voelde toen een paar lippen tegen de hare drukken. De kus voelde fijn, zacht en hartstochtelijk aan. Zo zou een goede kus moeten voelen. Het was veel tederder dan elke andere kus die ze ooit had gevoeld. Het gevoel dat hun lippen elkaar raakten, veroorzaakte een aangenaam gevoel langs Erika's ruggengraat.

Toen de coach Bethy haar tong naar binnen liet glijden, voelde Erika haar kutje samenknijpen, hard. Haar benen werden strakker gekruist en haar tenen gekruld. Hun tongen worstelden een paar seconden voordat de coach Bethy wegreed.

"Je kunt nu je ogen openen", zei de coach.

Erika opende haar ogen om de mooie lachende vrouw te zien. "Dat was..."

'Nu weet je hoe het is. De nieuwsgierigheid is verdwenen.'

'Vond je het leuk? Ik bedoel, het mij aandoen.'

Coach Bethy knikte. "Eerlijk gezegd, je smaakt goed. Heerlijk zelfs."

"Bedankt," bloosde Erika. "Jij ook."

'We moeten nu gaan. Ik heb over een half uur les. Dit was leuk. We kunnen het echter nooit meer doen.'

"Waarom niet?"

"Geen harde gevoelens, oké? Ik zie je morgen op de training."

Toen de coach Bethy probeerde het zwembad te verlaten, begonnen Erika's instincten en hormonen te werken, en ze greep de vrouwelijke coach om haar middel en trok haar naar zich toe zodat ze weer kusten. Erika verraste zichzelf toen ze het deed. Ze was zelfs nog meer verrast dat de coach Bethy haar niet in het gezicht sloeg.

Toen eindigde de kus en keken ze elkaar aan.

'Het spijt me dat ik je zo heb vastgepakt,' zei Erika met een zweem van spijt. "Ik weet niet wat me bezielde."

"Je bent jong en je geniet van zoenen. Ik snap het. Maar speel nooit dominant met mij. Dit is mijn sportschool. Ik ben je vrouwelijke coach. Ik heb de leiding."

Nu was het de beurt aan de coach om controle uit te oefenen door Erika naar binnen te trekken voor een nog diepere kus, om te laten zien hoe dit gebeurde. De vrouwelijke coach toonde een echt gevoel van controle over de situatie en liet zelfs haar hand naar beneden glijden, trok Erika's zwembroek opzij en stak er twee vingers in, en stopte pas toen Erika kwam.

En Erika kwam binnen de kortste keren.

Het was eigenlijk het enige waar ze aan kon denken. Waarom zou je na zo'n ervaring aan iets anders denken?

Daarom was het een grote verrassing voor Erika dat de coach Bethy haar de volgende dag tijdens de training schijnbaar met rust liet. Opnieuw speelde de coach favorieten en besteedde ze het grootste deel van haar tijd aan het communiceren met de topspelers en het geven van algemene instructies. Het was begrijpelijk gezien de druk voor het team om te winnen.

Maar toch, je kust een meisje niet, laat haar klaarkomen in het zwembad en doet niet alsof het nooit is gebeurd. Dat klopt gewoon niet. Erika verwachtte op zijn minst een glimlach en een groet, maar die kreeg ze niet eens.

Erger nog, de coach Bethy vroeg haar zelfs om de apparatuur zelf op te bergen, aangezien het haar 'beurt om op te ruimen' was. Ze was er zeker van dat ze werd gestraft voor haar overdreven agressieve seksuele gedrag in het zwembad, en dit was de manier van de coach om haar te laten weten wie de baas is.

Tegen de tijd dat Erika eindelijk onder de douche kon, nam ze de tijd en maakte van de gelegenheid gebruik om te ontspannen. De andere meisjes hadden zich al gedoucht, de kleedkamer verlaten en de arme Erika was helemaal alleen. Ze schrobde zichzelf en waste haar haren. Het enige waar ze aan kon denken was hoe ze deze mooie ervaring had gehad met de coach Bethy, die op de een of andere manier verpest was.

Toen de shampoo wegspoelde en ze haar
haar naar achteren trok, zag ze iemand
in haar ooghoek en ze draaide zich om
en zag coach Bethy daar staan, nog
steeds gekleed in een eenvoudig t-shirt
en joggingbroek, leunend tegen de muur
en naar haar starend.

Erika zette de douche uit en liet het
water van haar lichaam druppelen. Ze
had er geen probleem mee om naakt
voor haar vrouwelijke coach te staan.
Misschien was het omdat ze al zo
uitgeput was; fysiek door de praktijk en
emotioneel door haar vermeende
mishandeling. Of misschien omdat het
opwindend was om haar vrouwelijke
coach haar zo bloot te laten zien.

'Je ziet er schattig uit zo,' zei coach Bethy
met bewonderende ogen.

"Als in naakt?"

Coach Bethy glimlachte. "Ja, je tieten zijn mooi, zoals ik me had voorgesteld. Ik hou van de manier waarop water je parmantige borsten omhult, en die roze tepels zijn om voor te sterven."

De geruststellende woorden zorgden ervoor dat Erika haar kin hoog hield en haar borst naar voren wees.

"Blijven gaan."

Coach Bethy onderzocht verder. "Je hebt een mooi figuur. Zachte huid. Een mooie vorm. En een mooie ronde kont waar ik mijn gezicht tussen zou willen begraven."

Erika klemde haar billen op elkaar bij het noemen van de ronde vorm.

'Misschien zou ik je met mijn kont laten spelen als je me vandaag niet zo afwijzend deed. Betekende ons biljartgedoe niets voor je?'

'Allereerst ben je absoluut verrukkelijk,' bevestigde coach Bethy. 'Ten tweede, de reden dat ik je heb opgedragen om op te ruimen, is dat we nu alleen zouden zijn.'

Erika's poesje kneep samen. "Oh."

"Ik zal eerlijk zijn; ik kan niet stoppen met aan je te denken. Maar tegelijkertijd wil ik mijn baan of reputatie hierdoor niet verliezen."

'Ik kan een geheim bewaren,' zei Erika.

"Zweer?"

"Ik zweer het."

"Goed, want ik heb een douche nodig," antwoordde coach Bethy. "Wil je het water aanzetten en me helpen wassen?"

Erika's hart sloeg een slag over. "Natuurlijk, alles."

Erika liet het douchewater weer lopen terwijl ze toekeek hoe de coach Bethy haar kleren uitdeed op een altijd zo informele manier. Onder het t-shirt van de coach zat een zwarte sportbeha die kleine borsten bedekte. De vrouwelijke coach trok haar schoenen en sokken uit en stond blootsvoets op de grond; toen ging haar broek uit en onthulde haar slipje.

Het gekste was dat coach Bethy zich uitkleedde alsof ze alleen was. Niemand aankijken. Geen aarzeling. Niets sexy aan. Toen ze haar sportbeha en slipje uitdeed, onthulde ze haar naakte lichaam met een bikinilijn rond haar borsten en kruis. Haar borsten waren klein, maar haar bruine tepels waren groot en al stijf.

Erika bleef bevroren toen haar vrouwelijke coach haar naderde en onder water kroop om zich af te spoelen. Toen deed ze een stap opzij.

'Shampoo,' zei de coach met haar rug naar haar toe. "Gebruik dan je scrub op mij."

"Ja, coach Bethy."

Met gretige handen deed Erika een voldoende portie shampoo in haar handpalmen en wreef het over het haar van haar coach. Ze streelde en masseerde tot er overal witte schuimende bubbels waren. Het was leuk en vreemd erotisch om het haar van een andere vrouw te wassen.

Vervolgens kwam het leuke gedeelte. Erika waste haar handen in het douchewater en deed daarna gel op een scrub.

"Overal?" vroeg Erik.

Coach Bethy draaide zich om en keek Erika aan, zodat ze oog in oog stonden, naakt.

"Overal."

Erika haalde diep adem en ging aan de slag met Bethy's lichaam. Begin eerst met de 'veilige' ruimtes, zoals de schouders en armen, en voel de magere spiertonus. Toen verhuisde ze naar haar borsten. Haar ogen bewonderden de bruine lijnen. Erika wilde dolgraag in die grote bruine tepels knijpen, maar ze had geen toestemming, dus deed ze dat niet. Desalniettemin gebruikte ze de scrub om over de tepels en borsten te drukken en ze een beetje te zien wiebelen. De benen zijn als laatste gedaan.

'Leg nu het struikgewas neer,' zei coach Bethy. 'Wrijf over mijn huid. Zo worden lichamen gereinigd, nietwaar?'

"Ja," antwoordde Erika.

Het was puur genot toen Erika met haar blote handen over de zeepachtige huid van de vrouwelijke coach wreef en de toon en het vlees voelde. Eindelijk kon ze die borsten voelen, zelfs over die tepels wrijven (hoewel ze nog steeds niet de moed kon opbrengen om ze te knijpen). Ze wreef zelfs over de atletische dijen, kuiten en stevige billen van de vrouwelijke coach.

'Overal,' zei coach Bethy, terwijl ze Erika de rug toekeerde. "Wrijf over mijn klit."

Erika hapte naar adem. 'Ben je niet bang dat iemand ons te pakken krijgt?'

'Op dit uur van de dag zou hier niemand meer moeten zijn. Hoe dan ook, het is het beste om op te schieten.'

"Wat wil je precies dat ik doe?"

"Laat me klaarkomen."

Erika slikte. 'Juist. Je wilt dat ik iets terugdoe van het zwembad.'

"Slimme meid."

Erika drukte de voorkant van haar naakte lichaam tegen de naakte achterkant van de vrouwelijke coach. Het voelde elektrisch. Toen reikte ze met haar rechterhand naar voren en raakte het kruis en de buitenste schaamlippen van de vrouwelijke koets aan. Het voelde als bliksem. Daarna wreef ze over de clitoris van de vrouwelijke coach. Oh God...

Het was vrij eenvoudig. Erika voerde haar normale masturbatieroutine uit met twee vingers op het poesje van de vrouwelijke coach en de reactie was onmiddellijk. Coach Bethy kreunde en leunde haar hoofd achterover van het plezier.

'Daar ben je zo goed in,' kreunde coach Bethy. "Waar ben je mijn hele leven geweest?"

Erika bleef maar over haar clit wrijven. "Nu kan ik je vrouwelijke assistent-coach zijn."

"Precies. Onofficieel, dat wil zeggen. Perfect voor stressvermindering in alle omstandigheden. Stop niet, ik ga klaarkomen."

Het horen van die woorden ontstak alleen maar een vuurtje onder Erika. Ze hield het naakte lichaam van de vrouwelijke coach stevig vast en wreef er woest over.

Plots spande het lichaam van de vrouwelijke coach zich en ze leunde haar hoofd verder achterover. Ze ademde diep in en hield het vast, alsof haar hart was gestopt, toen ademde ze alles uit. Al haar stress van de dag was in een oogwenk verdwenen, volledig vervangen door plezier.

"Dat was een genot," ademde de coach Bethy.

"Weet je, als mijn handen niet onder de zeep zaten, zou ik nu aan mijn vingers likken."

Coach Bethy draaide zich om zodat ze tegenover elkaar stonden. "Is dat wat je normaal doet nadat je masturbeert?"

"Als ik in de juiste stemming ben."

"Brave meid."

Ze giechelden en kusten elkaar op de lippen. Daarna stapten ze samen het douchewater in en lieten de zeep door de afvoer lopen.

Toen ze het water afsloten, kusten ze nog wat, en toen hoorden ze het plotseling: praten en lachen. Twee of drie meisjes waren net de kleedkamer binnengekomen.

"Oh, fuck," fluisterde Erika hijgend. "We moeten ons omkleden."

"Geen tijd. Volg mij."

Coach Bethy greep Erika bij de pols en trok haar uit de douche terwijl ze haar eigen kleren vastgreep. Ze liepen op hun tenen naar de achterkant van de kleedkamer waar de coach haar kleren op een bank gooide en haar vinger op haar lippen legde om te zeggen: 'Shhh...'

Ze stonden daar zwijgend, naakt, hun lichamen druipend van het water terwijl ze luisterden naar de meisjes praten. Het waren drie speelsters van het softbalteam. Ironisch genoeg was het dezelfde groep religieuze meisjes die een tijdje geleden het lesbische geheim van de vrouwelijke coach had ontdekt.

Dat verwrongen gevoel voor ironie deed coach Bethy alleen maar glimlachen en Erika's schoonheid van dichtbij bewonderen, terwijl Erika's rug tegen het kluisje werd gedrukt.

'Geen geluid maken,' fluisterde coach Bethy.

Terwijl de meisjes luid onder elkaar praatten, kuste de vrouwelijke coach Erika op de tong, en Erika kuste zo stil mogelijk terug.

Maar coach Bethy was niet alleen op zoenen uit. Echt niet. De koets viel op haar knieën en keek op met een duivelse blik in haar ogen. Dit maakte Erika meteen nerveus. Ze wist dat als ze werd opgegeten door haar ervaren vrouwelijke coach, ze zichzelf onmogelijk kon bedwingen. Er was geen keus.

Coach Bethy tilde een van Erika's benen op en plaatste haar voet op de bank, Erika achterlatend met een gespreid, nat poesje. De coach maakte opnieuw het 'Sst....'-gebaar en begon te eten, waarbij ze de lippen van haar mond tegen de lippen van Erika's poesje drukte.

Van haar kant klemde Erika haar kaken op elkaar. Voor de goede orde drukte Erika haar beide handpalmen tegen haar mond om eventueel ontsnappend geluid te onderdrukken. Ze dwong zichzelf te zwijgen terwijl de vrouwelijke coach een deskundige mondelinge prestatie leverde; de tong in en uit voelen duiken, voelen hoe haar schaamlippen worden gezogen, en af en toe de hete tong voelen flakkeren over haar clitoris.

Ze werd er gek van, vooral toen ze hoorde hoe de vrouwelijke spelers in het team grove grappen maakten over hun seksleven. Het was ook opwindend om die spelers af te luisteren terwijl ze een geheime lesbische ontmoeting hadden met coach Bethy.

De gevoelens stapelden zich op in Erika en ze wist dat ze zou barsten. Ze was doodsbang om te schreeuwen omdat ze gepakt zouden worden.

Ze tikte coach Bethy op het hoofd en zei met haar mond: "Ik ga zo verdomd hard klaarkomen."

In plaats van te stoppen, zag de coach Bethy er alleen maar opgewondener uit en maakte opnieuw het 'Shhh...'-gebaar.

Coach Bethy begon weer Erika's poesje te beffen, deze keer krachtiger, en stak twee vingers in het opgewonden gaatje. Het was genoeg om Erika gek van te maken. En het deed haar klaarkomen.

Erika bedekte haar eigen mond met twee handen en deed er alles aan om niet te schreeuwen. Ze voelde een stroom vloeistof in de mond van de vrouwelijke coach schieten en even vroeg ze zich af of de coach Bethy zou opstaan en haar een klap zou geven. In plaats daarvan bleef de vrouwelijke coach zuigen. Het is duidelijk dat de coach Bethy ervan genoot om het te drinken.

Toen het klaar was, stond coach Bethy op en omhelsde haar nieuwe favoriete vrouwelijke speler in het team, hun naakte lichamen en harde tepels raakten elkaar. Ze stonden daar, elkaar in de ogen kijkend, terwijl ze luisterden naar de andere meisjes die nog steeds aan het praten waren. Er zat vocht in de mond van de vrouwelijke coach.

Uiteindelijk vertrokken de andere vrouwelijke spelers en waren ze weer alleen.

"Mag ik je een geheim vertellen?" vroeg coach Bethy.

"Iets."

"Dit is eigenlijk een enorme fetisj van mij. Meisjes-dingen op deze manier doen in de kleedkamer. Het is een enorme adrenalinekick voor mij. Er gaat niets boven. Ik ben blij dat ik dat met jou heb mogen ervaren."

Erika zuchtte, "Fuck, dat was zo ontzettend geil. Ik denk dat ik mijn nieuwe favoriete hobby heb gevonden."

"Welkom in mijn wereld. Je bent de eerste vrouwelijke speler in mijn team met wie ik ooit geknoeid heb, en ik weet niet wat ik moet doen. We komen er gaandeweg wel achter, ervan uitgaande dat je dat wilt. ga verder. Ondertussen wordt het laat en kunnen we ons maar beter aankleden.'

Ze kusten weer op de mond, maar deze keer proefde Erika haar eigen spuit op de mond van de vrouwelijke coach. Toen de vrouwelijke coach de kus beëindigde, greep ze haar kleren en liep weg.

'Wacht,' zei Erika voordat de coach Bethy kon gaan. "Sorry dat ik zo in je mond spoot. Dat was niet mijn bedoeling."

Coach Bethy glimlachte: "Zoals ik al zei, je bent heerlijk."

De sessie was voorbij en de coach liep weg, kleren in de hand, met haar blote kont zwaaiend bij elke stap zodat Erika ze kon bewonderen.

EINDE